Cá Bhfuil Murchú?

ANNA DONOVAN

Léaráidí le Tatyana Feeney

● Leagan Gaeilge: Daire Mac Pháidín ●

THE O'BRIEN PRESS
DUBLIN

An chéad chló 2008 ag The O'Brien Press Ltd,
12 Bóthar Thír an Iúir Thoir, Ráth Garbh, Baile Átha Cliath 6, Éire.
Fón: +353 1 4923333; Facs: +353 1 4922777
Ríomhphost: books@obrien.ie
Suíomh gréasáin: www.obrien.ie

ISBN: 978-1-84717-126-9

British Library Cataloguing-in-Publication Data.
Donovan, Anna
Ca bhfuil Murchu? - (O'Brien SOS ; 15)
1. Children's stories
I. Title II. Feeney, Tatyana
823.9'2[J]

1   2   3   4   5   6   7   8   9   10
08   09   10   11   12   13   14   15

Faigheann The O'Brien Press cabhair
ón gComhairle Ealaíon

the arts
council
an chomhairle
ealaíon

Leagan Gaeilge: Daire Mac Pháidín
Dearadh leabhair: The O'Brien Press
Clódóireacht: CPI Group, UK

Ba é Murchú an cara ab fhearr
a bhí ag Ruairí.

Tháinig Murchú
chuig fuinneog Ruairí
gach maidin
agus thosaigh sé ag tafann
go dtí gur oscail Ruairí í.

'Maidin mhaith duit, Murchú,'
a bhéic Ruairí.
An chéad rud
a rinne Ruairí gach maidin
ná bricfeasta a thabhairt
do Mhurchú.

Nuair a tháinig Ruairí
abhaile ón scoil
bhí Murchú ag fanacht leis
i gcónaí.

Ansin, fuair Ruairí
raicéad leadóige nó camán.
Bhuail sé an liathróid
agus rith Murchú sa tóir uirthi.
Ansin thóg Murchú an liathróid
ar ais chuig Ruairí.

Bhuail Ruairí an liathróid arís.
Agus arís. Agus arís eile.

Nuair a chuaigh an liathróid
isteach sna sceacha,
léim Murchú isteach
sa tóir uirthi.

Nuair a chuaigh an liathróid
taobh thiar den chró,
rith Murchú sa tóir uirthi
ar nós na gaoithe.

Níor stop Murchú riamh
go dtí go bhfuair sé an liathróid.
Thaitin liathróidí go mór leis.

D'imir Ruairí agus Murchú
le chéile an lá ar fad
sa samhradh.
D'imir siad le chéile
sa gheimhreadh
gur éirigh sé dorcha.

Ruairí agus **Murchú**.

Cairde maithe go deo.

Ach lá amháin
nuair a tháinig Ruairí
abhaile ón scoil
ní raibh Murchú ansin.

'Murchú!' a bhéic Ruairí.
Ach freagra ní bhfuair sé.

Lig Ruairí fead.

Ach níor tháinig Murchú.

Bhéic Ruairí in ard a chinn.

'Murchú! Murchú!'

Ach ní raibh Murchú ann.

15

Rith Ruairí isteach sa teach.

Chaith sé a mhála scoile
ar an urlár.

'A Mhamaí!' a bhéic sé.

'Cá bhfuil Murchú?'

'Murchú ?' arsa Mamaí.

'Bhí sé anseo nuair a tháinig
mise abhaile.'

Bhí iontas ar Mhamaí
agus ar Ruairí.

Shiúil siad timpeall an bhaile,
ag béiceadh ainm Mhurchú.
'Murchú! Murchú!'

Chuir siad ceist ar gach duine
an bhfaca siad
labradór mór dubh?
Ach ní fhaca.

'Tá Murchú caillte,'
a d'inis Ruairí do Dhaidí
nuair a tháinig sé abhaile.

'Céard seo?' arsa Daidí.
'Caithfimid dul amach
á chuardach.'

Chuaigh Mamaí, Daidí agus Ruairí
ó theach go teach.
Ach ní fhaca duine ar bith
a madra.

Cá raibh Murchú?

'B'fhéidir gur imigh sé
ar thuras beag,' arsa Mamaí.

'Ach b'fhéidir
nach dtiocfaidh sé ar ais!'
arsa Ruairí.

'Cad a dhéanfaidh mé ansin? Is é Murchú an cara is fearr atá agam ar domhan.'

Níor chodail duine ar bith
sa teach an oíche sin.

D'éirigh Ruairí cúpla uair.

D'fhéach sé amach
an fhuinneog
ar sholas na gealaí.

'Murchú!'
a dúirt sé ó am go chéile.

'Murchú!'

D'fhéach Mamaí agus Daidí
amach an fhuinneog
cúpla uair freisin
ag súil leis an madra
a fheiceáil.

Cheap Daidí, uair amháin,
gur chuala sé tafann.
Rith sé síos an staighre
agus d'oscail sé an doras.
'Murchú!' a bhéic sé.

Ach níor tháinig Murchú.

Bhí an-bhrón ar Ruairí
ag dul ar scoil
an chéad mhaidin eile.

D'inis sé dá chairde
agus dá mhúinteoir
faoin madra a bhí
imithe ar strae.

Rinne sé cur síos ar Mhurchú.

Thaispeáin sé grianghraf dóibh

ina raibh sé féin agus Murchú.

'Má fheiceann aon duine agaibh

madra mar seo,

inis dom le do thoil,'

arsa Ruairí.

Rinne rang Ruairí
póstaeir speisialta
an mhaidin sin.

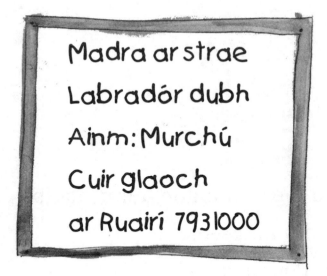

Madra ar strae
Labradór dubh
Ainm: Murchú
Cuir glaoch
ar Ruairí 7931000

An tráthnóna sin
chuaigh na páistí
agus a gcuid tuismitheoirí
timpeall an bhaile
ag cur suas póstaeir.

Níor tháinig Murchú abhaile
an oíche sin.

Níor tháinig sé abhaile
an lá ina dhiaidh sin.

D'imigh trí lá
agus trí oíche thart.

Ach ní raibh scéal ar bith
faoi Mhurchú.

'B'fhéidir gur tháinig
duine éigin air
agus nach raibh a fhios acu
cér leis é!' arsa Mamaí.

'Tá súil agam gur tháinig,'
arsa Daidí.

'Ba chóir coiléar
lena ainm agus
lena uimhir teileafóin
a bheith air,' arsa Mamaí.

'Tá an ceart agat,' arsa Daidí.
'Is mór an trua
nach ndearna mé é sin cheana.'

Chuaigh Daidí chuig siopa
an lá ina dhiaidh sin
agus cheannaigh sé coiléar.
Bhí bonn airgid ar an gcoiléar.
Scríobh fear an tsiopa
ainm agus uimhir teileafóin
Mhurchú ar an mbonn.

'Nuair a thiocfaidh sé ar ais,'
arsa Daidí, 'cuirfidh mé
an coiléar seo air.'

Chuir sé an coiléar
i seomra codlata Ruairí.

Chuaigh Daidí, Mamaí agus Ruairí
amach ag siúl
ag cuardach Mhurchú
tar éis an dinnéir gach lá.
Thiomáin siad
timpeall na háite freisin
ar eagla go ndeachaigh sé
i bhfad ó bhaile.

Ach ní raibh Murchú
le feiceáil in áit ar bith.

Rinne Daidí cóipeanna
de ghrianghraf Mhurchú
lá amháin.

Rinne sé seasca cóip.

An tráthnóna sin
thóg Ruairí agus Daidí
na grianghraif chuig
go leor siopaí
agus bialann sa bhaile.

Bhí gach duine
ag faire amach
don mhadra.

An lá ina dhiaidh sin
fuair siad glaoch teileafóin.
'Chonaic mé madra
cosúil le do mhadrasa,'
a dúirt buachaill
ar an teileafón.

D'inis an buachaill do Dhaidí
cá raibh cónaí air.
Thiomáin Daidí, Mamaí
agus Ruairí
díreach chuig an teach.

Thaispeáin sé an áit dóibh
ina bhfaca sé an madra.

Bhí an madra ina shuí
taobh amuigh de theach mór.
Labradór mór dubh a bhí ann.
Bhí sé an-chosúil le Murchú.

D'fhéach Ruairí agus Mamaí agus
Daidí ar an madra.
An Murchú a bhí ann?
'Murchú?' a bhéic Ruairí.

Sheas an madra suas.

D'fhéach sé ar Ruairí.

Rith sé chuige.

Thosaigh sé ag tafann.

Ach ní Murchú a bhí ann.

'Ní sin tafann Mhurchú,'
a dúirt Ruairí.

'Agus tá an madra sin
níos mó ná Murchú,'
a dúirt Daidí.

'Ruairí bocht,' arsa Mamaí.
'Tá mé cinnte
go bhfaighimid é, a chroí.
Leanfaimid ar aghaidh
ag cuardach.'

Fuair siad glaoch teileafóin eile
cúpla lá ina dhiaidh sin.
Bean a bhí ann.
D'inis sí do Mhamaí
cá raibh cónaí uirthi.

'Tá an áit sin an-fhada
ón mbaile,' arsa Daidí.
'Níl mé ródhóchasach.'
Chuaigh siad ar fad
isteach sa charr arís.

Bhí Ruairí ag súil go mór
gur Murchú a bheadh ann.

Thóg sé tamall fada
ar Mhamaí an teach a aimsiú.
Bhuail Mamaí, Daidí
agus Ruairí ar an doras.
Chuala siad tafann an-ard.

'Sin Murchú!' arsa Ruairí.

'An bhfuil tú cinnte?'
a d'iarr Mamaí air.

'B'fhéidir nach–'

D'oscail an doras agus amach le
madra mór dubh.

Léim sé ar Ruairí.

Murchú a bhí ann.

'Murchú, Murchú, Murchú,'
arsa Ruairí.
'Murchú seo agamsa.
Tá tú linn arís.'

Bhí Mamaí agus Daidí
ar tí caoineadh.

Bhí Ruairí ag béiceadh
agus ag léim le háthas.

Bhí Murchú ag léim
timpeall na háite
agus ag tafann in ard a chinn.

'Sílim,' arsa an bhean
ag an doras,
'gur leatsa an madra sin,
ceart go leor!'

'Is liomsa é cinnte,' arsa Ruairí.

'Seo é Murchú, mo chara

is fearr ar domhan.

Ach cén fáth

ar imigh sé uainn?'

'Sílim go bhfuil a fhios agam
cad a tharla,'
arsa an bhean.

'An bhfuil?' arsa Ruairí.

'Bhuel,' arsa an bhean,
'an dtaitníonn liathróidí
le Murchú?'

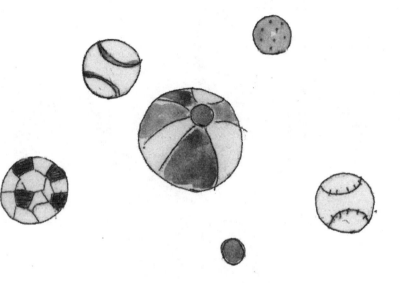

'Is breá leis liathróidí,'
arsa Ruairí.

'Bhuel,' arsa an bhean arís,
'lá an-ghaofar a bhí ann
nuair a tháinig Murchú anseo,
agus bhí an spéir
lán le balúin.'

'Lean Murchú na balúin.'

'Bhí sé ag féachaint
suas sa spéir,' ar sise,
'agus chuaigh sé ar strae!
Ní raibh sé ábalta
a bhealach a dhéanamh
abhaile ansin.'

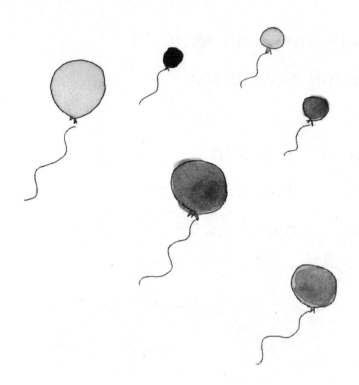

'Murchú bocht,' arsa Ruairí.
'Is maith an rud
gur tháinig sé ort.'

Lig an bhean do Mhurchú
codladh ar an tolg.

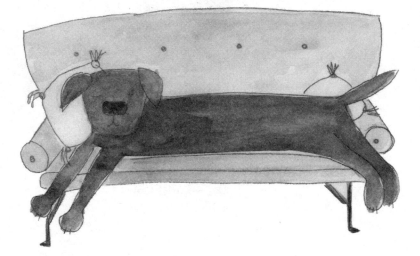

Chonaic an bhean
grianghraf Mhurchú sa siopa.
Ansin chuir sí
glaoch teileafóin orthu.

'Beidh mé brónach gan é,'
a dúirt sí.
'Ach tá mé an-sásta
go bhfuil sé ar ais lena chara.'

Ghabh Mamaí,
Daidí agus Ruairí
buíochas leis an mbean
a thug aire chomh maith sin
dá madra.

'Bhí sé go deas é a bheith
timpeall an tí,' ar sise.
'Ach ní raibh mo chuid cat
róshásta.'

'Tabharfaidh mé ar ais
ar cuairt é,'
a gheall Ruairí.

'Anois tá cara nua eile
ag Murchú.'